EL GRAN GRANERO ROJO

Margaret Wise Brown

Ilustrado por Felicia Bond

Traducido por Aída E. Marcuse

Harper Arco Iris

An Imprint of HarperCollins*Publishers*

 Library of Congress Cataloging-in-Publication Data Brown, Margaret Wise, 1910–1952. [Big red barn. Spanish] El gran granero rojo /Margaret Wise Brown ; ilustrado por Felicia Bond ; traducido por Aída E. Marcuse. p. cm.
Summary: Rhymed text and illustrations introduce the many different animals that live in the big red barn.
ISBN 0-06-026225-7 [1. Domestic animals—Fiction. 2. Farm life—Fiction. 3. Stories in rhyme. 4. Spanish language materials.]
I. Bond, Felicia, ill. II. Marcuse, Aída E. III. Title.
[PZ73.B6852 1996] 95-1675 CIP AC

8 9 10

❖

First Spanish Edition, 1996

Junto al gran granero rojo
en el vasto y verde prado,

había un cerdito rosado
que gruñía de buen grado.

Había un caballo grande y saltarín,
y junto a él, un potrillo pequeñín.

Y sobre el granero giraba
un gran caballo dorado
al viento que soplaba.

N
W
S

Y los niños contentos jugaban
con el heno recién cortado
en un rincón apilado.

Pero no hay niños en este momento.
Sólo hay animales en este cuento.

Las ovejas y un burro manso,
las cabritas y los gansos,
hacían ruidos y más ruidos,
rebuznos, graznidos y berridos.

Un espantapájaros viejo
contemplaba perplejo
a un ratoncito feliz. . .

que nació en
un campo de maíz. . .

¡Kikirikí!
Cantó el gallo, de madrugada,
y despertó a la paloma azulada

y a una gallina muy fina
que tenían por vecina.

Un gallo y una gallina
a sus huevos daban abrigo
sobre dos sacos de trigo.
¿Cuántos huevos ves?
Cuéntalos. Hay diez.

Había una vaca marrón
y un ternero juguetón.
Y todo el día se oía:
¡Muuu! ¡Muuu! ¡Kikirikí!

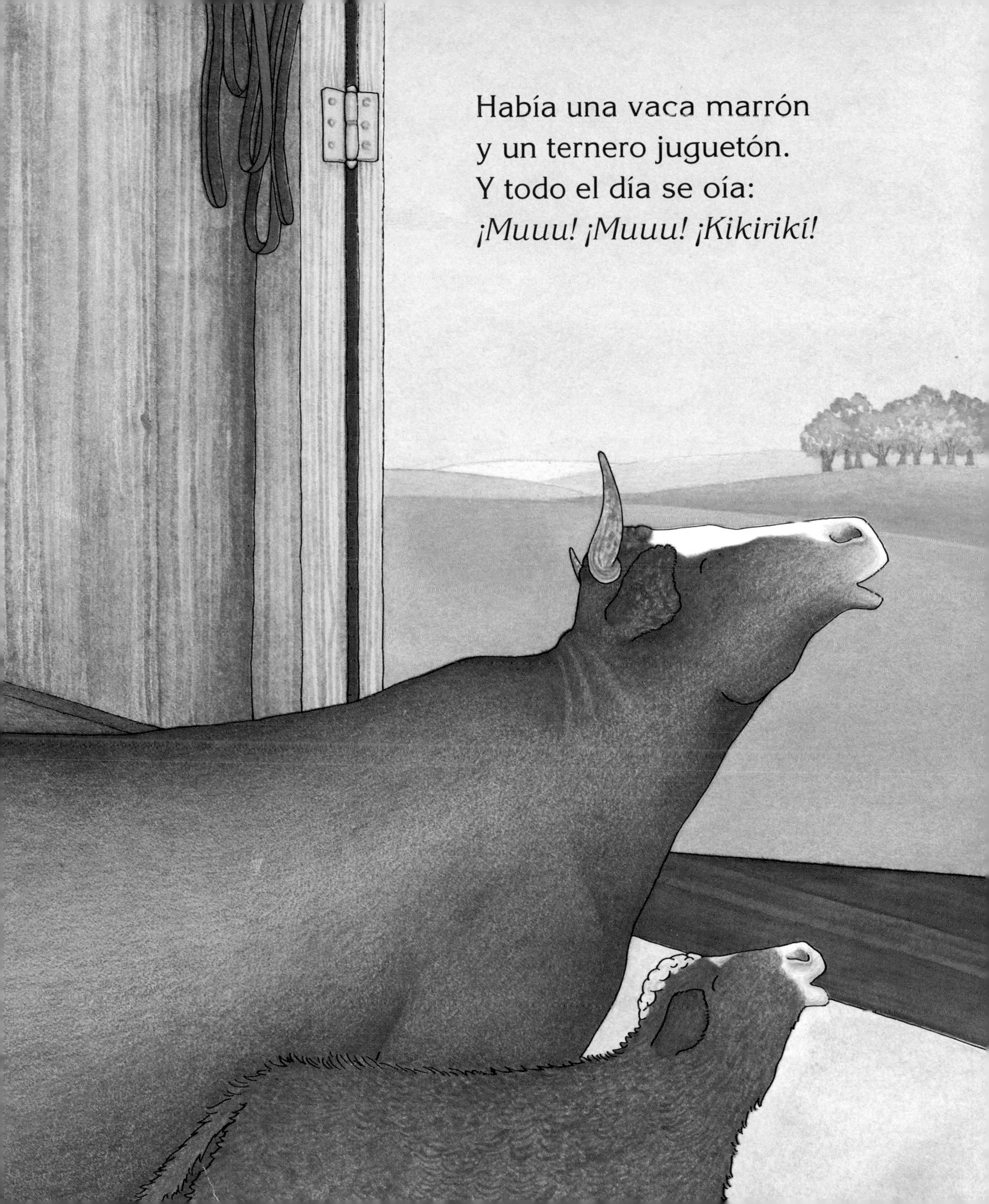

Había una gata con sus gatitos:
¡Miau! ¡Miau!
Y un gato con mucho apetito:
¡Miauuu! ¡Miauuu!

Había una perra muy atenta,
¡Guau! ¡Guau!
que a sus cachorritos
paseaba contenta.

En el granero, como les digo,
todos eran muy buenos amigos.

Y en el prado, los animales pastaban,
corrían, gruñían y jugaban.

Y cuando el sol se ponía
más allá del verde prado,
la vaca grande mugía
y gruñía el cerdito rosado.

Los caballos brincaban en el heno suave
y el burrito rebuznaba con voz grave.

Las gallinas y los gallos se durmieron
y los pequeños murciélagos del granero
salieron volando muy ligero.

Y así, de esta manera,

los animales pasaron la noche entera

en el gran granero rojo.

Sólo se escuchaban los ratones,
escarbando por los rincones.

Mientras la luna sola proseguía

en el negro cielo su travesía.